Bienvenue à...

MAMMOUTH ACADÉMIE · PAR LA DÉFENSE · ET · PAR LA TROMPE

MAMMOUTH
ACADÉMIE

la courte échelle

OSCAR ÉTAIT UN
MAMMOUTH LAINEUX.

TOUT COMME

ARABELLA.

LES ÉLÈVES DE MAMMOUTH ACADÉMIE

UNE MOUCHE VIT
A L'ACADÉMIE, MAIS
ELLE N'EST PAS ~~PLUS~~
UNE ÉLÈVE.

CHAT-DES-CAVERNES

ORMSBY

HIBOU

PRUNELLA

RENARD

D'AUTRES ÉLÈVES DE MAMMOUTH ACADÉMIE

RÉGINALD

RHONDA

RÉMI

ROGER

REX

RUFUS

RENÉ

PARESSEUX - A̶I̶

GÉANT

OURS-DES-
CAVERNES

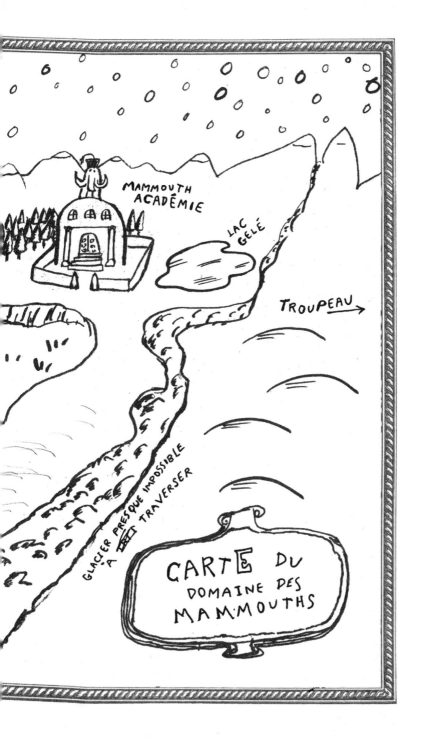

Pour Anne McNeil

Les éditions de la courte échelle inc.
5243, boul. Saint-Laurent
Montréal (Québec) H2T 1S4
www.courteechelle.com

Traduction : Annie Langlois

Révision : Lise Duquette

Infographie : Sara Dagenais

Dépôt légal, 3ᵉ trimestre 2007
Bibliothèque nationale du Québec

Édition originale : *The Mammoth Academy*

La courte échelle reconnaît l'aide financière du gouvernement du Canada par
l'entremise du Programme d'aide au développement de l'industrie de l'édition
pour ses activités d'édition. La courte échelle est aussi inscrite au programme
de subvention globale du Conseil des Arts du Canada.

La courte échelle reçoit l'appui du gouvernement du Québec par l'intermédiaire
de la SODEC, et elle bénéficie du Programme de crédit d'impôt pour l'édition
de livres – Gestion SODEC – du gouvernement du Québec.

**Catalogage avant publication de Bibliothèque et Archives nationales
du Québec et Bibliothèque et Archives Canada**

Layton, Neal

    Mammouth académie

    Traduction de : *The Mammoth Academy*.
    Pour enfants de 8 ans et plus.

    ISBN 978-2-89021-951-9

    I. Langlois, Annie. II. Titre.

PZ23.L39Ma 2007   j823'.914   C2007-941007-3

Achevé d'imprimer en octobre 2007
sur papier 100% post-consommation,
sur les presses de l'imprimerie Gauvin,
Gatineau, Québec

Recyclé
Contribue à l'utilisation responsable
des ressources forestières
www.fsc.org Cert no. SGS-COC-2624
© 1996 Forest Stewardship Council

Oscar était un mammouth laineux. Tout comme Arabella. Ils vivaient à une époque lointaine qu'on appelle l'ère de glace.

Ils passaient leur temps à jouer dans les champs enneigés, à explorer les cavernes, à créer des sculptures de glace et à s'amuser à toutes les activités préférées des jeunes mammouths. Vient toutefois un moment dans la vie où il faut grandir un peu et commencer l'école.

Oscar n'était pas pressé de voir ce jour arriver. L'idée de devoir s'entasser dans une classe et obéir ne lui plaisait guère. Arabella, elle, était très excitée. Elle voulait apprendre plein de choses et rencontrer de nouveaux amis.

Un jour, une lettre très importante arriva par Poste Mammouth.

Le jour de la rentrée, tous les élèves de première année doivent apporter avec eux :

1. une règle divisée en pieds et en trompes de mammouth (il y a dix pieds de mammouth dans une trompe de mammouth)

2. une grosse bouteille d'encre

3. un peigne de mammouth, une brosse et du dentifrice à défenses

4. un cahier d'exercices ligné

5. une tenue de sport

6. une ou deux paires de patins à glace (selon le nombre de pattes que vous possédez)

7. un instrument de musique

La rencontre des élèves aura lieu dans l'escalier principal de l'Académie à 9 heures. Les cours commenceront immédiatement après la réunion.

Veuillez noter que tous doivent porter l'uniforme.

Signé

Professeur Truffe

Professeur Truffe

↑ CECI EST UNE COPIE DE LA LETTRE D'OSCAR.
ARABELLA A RANGÉ LA SIENNE AVEC SOIN.
OSCAR, LUI, A FOURRÉ LA LETTRE SOUS SON CHAPEAU.

Le premier jour d'école, alors que les animaux quittaient leur maison pour traverser la plaine glacée jusqu'à l'Académie, il faisait un froid mordant et il neigeait à gros flocons.

Un gentil mégalocéros attendait les jeunes élèves près du glacier pour les aider à le franchir. Un peu plus loin, des panneaux leur indiquaient le chemin pour leur éviter de s'égarer et de chuter du haut de la falaise.

PAR LÀ

ATTENTION
FALAISE!

On aurait cru que le trajet durait des heures et des heures, surtout qu'Oscar traînait ses grosses pattes… Ils arrivèrent enfin au portail de l'école.

Dans la cour, il y avait une ribambelle
d'élèves bruyants. Oscar et Arabella reconnurent
quelques-uns de leurs amis, mais la plupart
des écoliers leur étaient étrangers.

BONG! BONG! **BONG!** BONG!

Soudain, un énorme gong résonna. Sur l'une des marches se tenait la directrice de l'Académie. Elle avait l'air sévère. Cependant, quand elle souriait, ses yeux scintillaient.

— Bienvenue à tous, dit-elle. Voici vos horaires et le plan de l'Académie. Bonne journée !

Une nouvelle vie venait de commencer pour Oscar et Arabella.

Aile ouest

Classe du
Professeur Poil

Salle de
concert

Salles de classe

CECI EST LA COPIE D'ARABELLA. COMME ON PEUT LE CONSTATER,

PLAN DE L'ACADÉMIE

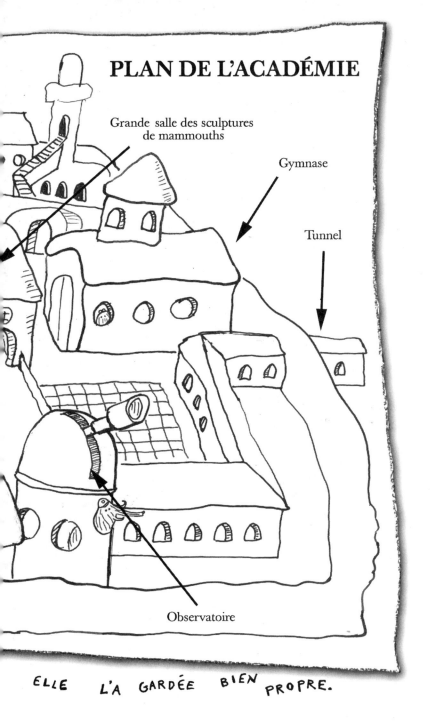

Grande salle des sculptures
de mammouths

Gymnase

Tunnel

Observatoire

ELLE L'A GARDÉE BIEN PROPRE.

ouest

Classe d
Professeur

Salle de
concert

Salles de classe

CECI EST LA COPIE D'OSCAR...
SA BOUTEILLE D'ENCRE

PLAN DE L'ACAD...

Grande salle des sculptures
de mammouths

Gymnase

Tunnel

Observatoire

S'EST RENVERSÉE
DANS SON SAC.

CHAPITRE 2
LA PREMIÈRE LEÇON

PFFF!

La première leçon d'Oscar se passa plutôt mal.
D'abord, il s'était présenté en classe en retard.
Quelque part dans l'aile ouest, il avait eu un désac-
cord avec Arabella sur l'endroit où se trouvait la
classe du Professeur Poilu.

Oscar affirmait savoir exactement comment
se rendre à la classe. Arabella, elle, était certaine qu'il
regardait son plan à l'envers et qu'il ferait mieux de
la suivre s'il voulait arriver à temps.

Oscar avait néanmoins décidé de n'en faire qu'à sa tête. Sur le chemin, il découvrait plein de choses intéressantes… Le plus excitant fut la découverte des MYSTÉRIEUSES TRACES.

Si vous trouviez de MYSTÉRIEUSES TRACES,
que feriez-vous? Oscar, lui, n'hésita pas une seule
seconde à les suivre.

La neige fraîche recouvrait presque entière-
ment les traces, mais on pouvait quand même
remarquer quelques pelures d'orange éparpillées
tout autour.

Les traces et les pelures menèrent Oscar dans une grande pièce chaude qui sentait le gâteau sorti du four et le chou.

— Que fais-tu là ? cria une mammouth effrayante.

Elle était deux fois plus large que haute, elle portait un énorme chapeau et elle était couverte de farine. Dans sa trompe, elle tenait un rouleau à pâte d'un air menaçant.

— J'espère que tu n'es pas le jeune filou qui a volé toutes les oranges de notre garde-manger !

— Euh… hum… bredouilla le pauvre Oscar.

— Tu n'as rien à dire pour ta défense ?

La grosse mammouth déposa le rouleau à pâte, saisit Oscar par les oreilles et le traîna vers la sortie.

— Toi, tu me suis…

C'est ainsi qu'Oscar arriva dans la classe du Professeur Poilu, en retard, couvert de farine et accusé à tort par la Cuisinière d'avoir volé des oranges. Il tenta de raconter ce qu'il savait à propos des MYSTÉRIEUSES TRACES et des pelures d'orange, mais personne ne lui prêta attention.

— Je peux t'assurer que je saurai le fin mot de l'histoire… lui répondit la Cuisinière.

Le Professeur Poilu ne paraissait pas très intéressé à entendre ce qu'Oscar avait à dire. Il lui

34

ordonna de s'épousseter, de s'asseoir et de répondre au problème mathématique $1 + 1 = ?$ inscrit au tableau.

La seule place encore libre était à côté d'un renard qu'Oscar ne connaissait pas. À l'autre bout de la classe, Arabella était assise à côté d'Ormsby, le rhinocéros laineux. L'état lamentable d'Oscar semblait avoir provoqué le fou rire d'Ormsby. Les frères lapins aussi avaient l'air de le trouver très amusant.

— Ne t'en fais pas, lui dit le renard, je vais t'aider à te rattraper. Qu'est-ce que c'est que cette histoire de MYSTÉRIEUSES TRACES? Ça paraît terriblement excitant!

Sans même connaître le renard, Oscar eut l'impression qu'il venait de trouver un ami.

CHAPITRE 3
LEÇONS ET PLAISANTERIES

Après cette mésaventure, la journée d'Oscar se déroula plus calmement. Les élèves eurent droit à toutes sortes de leçons:

La leçon de géographie, qui était très intéressante.

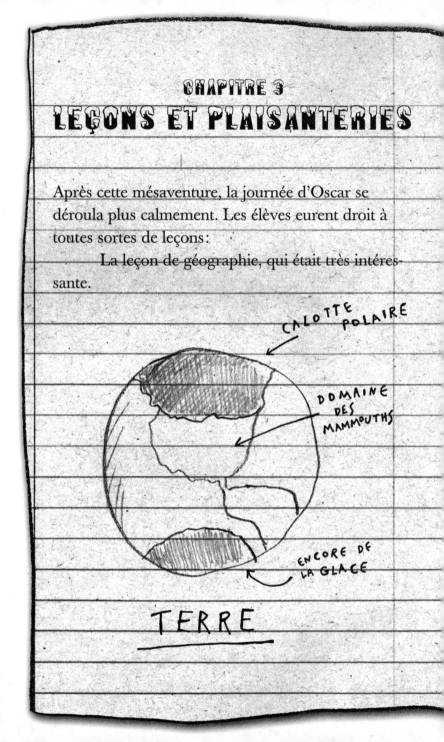

CALOTTE POLAIRE

DOMAINE DES MAMMOUTHS

ENCORE DE LA GLACE

TERRE

UN GLACIER

Les glaciers sont des rivières de glace. Ils peuvent être très dangereux.

LES FALAISES

~~fa~~ Les falaises peuvent aussi être très dangereuses.

LES MARÉCAGES

Tout comme les marécages.

La leçon de ski, qu'Arabella a adorée!

Et la leçon de musique. Oscar et Renard ont beaucoup aimé jouer de la musique.

41

Les cours ont duré jusqu'à la fin de l'après-midi, moment où BONG! BONG! BONG! la cloche a sonné la fin des classes. C'était l'heure de rentrer à la maison…

Durant le trajet du retour, Oscar présenta Renard à Arabella et Arabella présenta Prunella à Oscar.

Alors qu'ils marchaient, Prunella parla des problèmes liés au fait d'être un petit mammifère à l'ère de glace et elle énuméra les rongeurs les plus mignons de l'école. Arabella trouvait Prunella vraiment très chouette!

Puis, Renard raconta plusieurs blagues qu'Oscar trouva hilarantes.

— **Q**uelle est la différence entre un mammouth laineux et une groseille? *Les mammouths laineux ne poussent pas dans les buissons!*

– **Q**uelle est la différence entre un mammouth laineux et une orange?

Une orange ne se peigne pas!

– **Q**uelle est la différence entre un mammouth laineux et une fraise?

Une fraise est rouge vif!

– **Q**uelle est la différence entre un mammouth laineux et une brioche aux raisins?

Une brioche aux raisins ne pèse pas deux tonnes!

– **P**ourquoi le mammouth laineux
aime-t-il s'asseoir sur une orange ?

Parce qu'il veut faire du jus d'orange !

– **E**st-ce qu'un mammouth laineux
peut sauter plus haut qu'une montagne ?

Oui, car les montagnes ne sautent pas !

– Au revoir, tout le monde! À demain!

CHAPITRE 4
LA THÉORIE D'OSCAR ET L'IDÉE GÉNIALE DE RENARD

Le matin suivant, à l'Académie, avait lieu une assemblée spéciale où étaient conviés les membres du personnel, ainsi que tous les élèves.

On leur annonça que, pendant les vacances d'été, alors que l'Académie était fermée, quelqu'un était entré par effraction dans la cuisine et avait volé toutes les provisions d'oranges.

Cette nouvelle choqua l'assemblée, car les mammouths sont friands d'oranges et cet aliment est particulièrement bon pour leur santé. On pourrait même dire que les mammouths aiment autant les oranges que la plupart des enfants d'aujourd'hui aiment les croustilles et le chocolat.

La directrice de l'Académie était formelle: quiconque avait des renseignements à propos du voleur d'oranges devait à tout prix en parler à un professeur.

Après cette intervention, les choses se corsèrent pour Oscar. Les professeurs le firent asseoir

au premier rang de la classe et le regardèrent avec l'air de dire «je t'ai à l'œil, reste tranquille!».

Par la suite, lorsque Arabella, Prunella ou Renard présentaient un nouvel ami à Oscar, ils ne manquaient pas de rappeler que c'était lui que la Cuisinière avait attrapé dans sa cuisine, à la recherche d'oranges. Les nouvelles se répandaient très vite à l'Académie. Les blagues aussi.

Renard fit part de ses dernières plaisanteries à ses amis.

— Comment peut-on attraper un voleur de fraises? *Il a les mains rouges!*

— Pourquoi un voleur d'oranges peut-il s'en sortir? *Parce que les oranges ne tachent pas les mains!*

— Pourquoi le mammouth laineux s'assoit-il

sur une orange? *Parce qu'il ne veut pas se la faire voler!*

Malgré toutes ces bonnes blagues, Oscar trouvait la situation très sérieuse et il décida de faire la lumière sur cette histoire.

Cet après-midi-là, sur le chemin du retour, Oscar était pensif. La leçon du Professeur Poilu sur les additions lui donnait à réfléchir.

$$1 + 1 = 2$$

Le plus étrange avec cette affaire de MYSTÉRIEUSES TRACES était que l'animal semblait n'avoir que deux pattes !

Les seuls animaux de ce type qu'Oscar connaissait étaient…

Les ours

Comme Ours-des-cavernes. Mais quand il marchait, l'ours avait tendance à utiliser ses quatre pattes. Il se mettait sur deux pattes seulement lorsqu'il essayait d'attraper de la nourriture, ou quand il voulait donner l'impression d'être grand et fort…

Les hiboux

Hibou, quant à lui, marchait sur deux pattes, mais très rarement. Il lui était plus facile de voler. Quand il devait absolument marcher, les traces qu'il laissait ne ressemblaient en rien à celles qu'Oscar avait vues. Il ne restait qu'une seule option…

... LES HUMAINS!

Mais tout le monde savait que les humains préféraient manger les animaux plutôt que des oranges, et Arabella disait que personne ne prendrait cette idée au sérieux tant qu'Oscar n'apporterait pas de PREUVES.

Le lendemain, sur le chemin menant à l'Académie, Oscar n'avait toujours pas abandonné son hypothèse. À la récréation, il proposa à ses amis un nouveau jeu qu'il avait intitulé « trouve de nouvelles traces et attrape le voleur d'oranges ».

D'abord, le jeu emballa tous les copains, mais à force de chercher en vain, l'enthousiasme baissa tant et si bien que même Oscar abandonna la partie.

Et, sans voleur, l'intérêt s'éteignit aussi rapidement qu'il avait été soulevé. Puis les élèves se lancèrent de nouveaux défis.

Comme celui d'inventer un traîneau-roulant.

Oscar, Arabella et tous leurs amis adoraient les sports d'hiver, surtout la glissade. Mais
le problème avec le traîneau traditionnel est que,
dès qu'il heurtait un caillou ou qu'il glissait sur de
la boue aux endroits où il y avait peu de neige, il
s'arrêtait net. C'est là que l'invention d'Oscar vint à
leur secours…

PREMIÈRE ÉTAPE

TOUT D'ABORD, IL TROUVA UN VIEUX
MORCEAU DE BOIS SUR LEQUEL IL POUVAIT
TENIR DEBOUT.

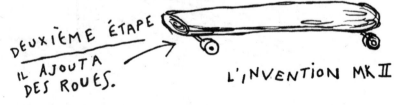

DEUXIÈME ÉTAPE
IL AJOUTA
DES ROUES.

L'INVENTION MK II

Tous n'étaient pas emballés par l'invention, surtout lorsque les frères lapins heurtèrent un arbre tête première. Renard demeura néanmoins un fan du nouvel objet. En fait, Renard s'enthousiasmait pour à peu près tout ce qui était nouveau. C'est sans doute pourquoi il était si rapidement devenu le meilleur ami d'Oscar à l'Académie.

Renard avait toujours de bonnes idées.

Tous les après-midi, après le cours d'éducation physique avec Monsieur Muscle, Madame Net s'assurait que chaque élève prenne une douche bien chaude, qu'il sèche bien sa fourrure (ou son plumage) et qu'il brosse sa fourrure (ou son plumage).

Renard n'était pas fou de ces formalités.

Quel était le but de se laver tous les jours à l'Académie, de se sécher, de se peigner et d'avoir à tout recommencer le soir venu à la maison ? Et de répéter le même scénario le lendemain avant de partir pour l'école ?

— Tu ne te laves certainement pas autant à la maison, lui dit Hibou.

— Non, admit Renard, mais écoute-moi…

J'ai rencontré ce phacochère de deuxième année qui m'a dit que, après deux mois sans se laver, on n'a plus besoin de le faire ! Ta fourrure commence à se nettoyer d'elle-même naturellement. Et puis, tout à coup, tu ne sens plus mauvais et tu n'as plus jamais à te laver de ta vie. N'est-ce pas tentant ?

Oscar avait des doutes à propos de la nouvelle idée de Renard.

— De toute façon, lança Renard, à partir d'aujourd'hui je cesse de me laver. D'ici deux mois, je serai devenu autonettoyant et je serai libéré de ces tracas!

Renard semblait très satisfait de son projet.

Oscar, lui, n'était toujours pas convaincu de la pertinence de cette idée. Il n'aurait pas osé le dire, mais il arrivait déjà à Renard de ne pas sentir très bon.

Le premier jour où Renard mit sa décision en pratique, le concierge versa accidentellement la cuve de toilette sur lui. Mais Renard ne changea pas d'idée. Loin de là.

— Bon, si cela m'était arrivé avant, j'aurais été très fâché, car j'aurais dû me nettoyer pendant des heures. Maintenant, ça ne me dérange pas du tout. Dans deux mois, toute cette saleté sera partie et je serai frais comme une rose!

CHAPITRE 5
L'ÉTUDE DES HUMAINS

Oscar commençait vraiment à apprécier la vie à l'Académie.

Il semblait avoir un talent tout particulier pour les sports et Monsieur Muscle était très satisfait de ses efforts sur la glace. Arabella aussi était bonne patineuse, et les deux amis adoraient faire des pirouettes spectaculaires, pour le plus grand plaisir des frères lapins et d'Ormsby.

Après le sport, Madame Net s'assurait que chaque élève avait lavé sa laine, sa fourrure ou ses plumes. Arabella, Prunella et les autres filles passaient des heures à peigner et à tresser leurs poils.

Oscar et les autres garçons faisaient leur toilette à une vitesse étonnante. Quant à Renard, il recourait à divers stratagèmes pour ne recevoir aucune goutte d'eau!

Il s'arrangeait aussi pour éviter les bains à la maison, car il était plus certain que jamais que sa fourrure deviendrait autonettoyante. Mais tous ses amis avaient des doutes.

Les leçons que les élèves préféraient étaient celles qui concernaient les HUMAINS.

– De tous les animaux de la plaine, celui qui est le plus à craindre est évidemment l'HUMAIN! expliquait le Professeur Truffe. Voici de quoi ont l'air les humains. Effrayant, n'est-ce pas? Celle-ci est la femelle de l'espèce. Leurs rejetons sont appelés les

«enfants». Ne vous laissez pas tromper par leur petite
taille. Ce sont les plus sournois et dangereux de tous
les humains.

La classe frissonna d'effroi.

— Maintenant, ouvrez vos cahiers, nous allons
commencer…

Les humains!
Les humains sont des animaux
sauvages et
dangereux.

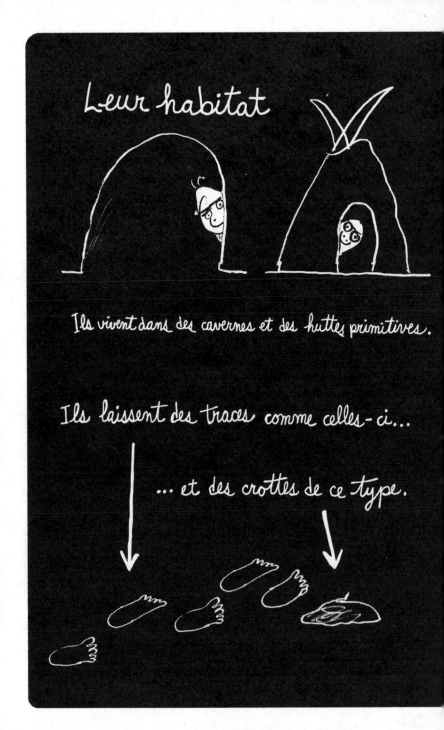

Leur habitat

Ils vivent dans des cavernes et des huttes primitives.

Ils laissent des traces comme celles-ci...

... et des crottes de ce type.

Et ils mangent des gens
comme VOUS

VOUS en entier!

Sauf votre fourrure et vos os.
Lorsqu'ils vous ont mangés,
ils se font des manteaux
avec votre fourrure et
bâtissent des maisons
avec vos os.

BIENVENUE
CHEZ
MOI!

CHAPEAU
DE
FOURRURE

— Oui! Les humains sont les animaux les plus dangereux de la plaine! insista le Professeur Truffe.

Cette fois, toute la classe frémit.

Oscar avait particulièrement apprécié cette leçon. Il prenait des notes dans les marges de son cahier en imaginant ce que ça lui ferait de tomber face à face avec un vrai humain, quand quelque chose attira son attention. On aurait dit que les arbres dehors avaient bougé.

Oscar déposa son crayon et regarda plus attentivement par la fenêtre. Soudain, une vingtaine de têtes apparurent derrière la vitre et disparurent tout aussi vite. Des visages EXACTEMENT comme ceux que le Professeur Truffe venait de dessiner au tableau.

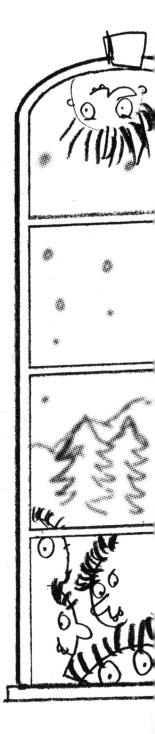

– Monsieur, monsieur ! cria Oscar, la trompe
et les pattes battant l'air. Je viens de voir des humains,
monsieur. Une bande d'humains !

— Oui, je sais, Oscar. J'en dessine au tableau depuis une demi-heure.

— Non! Je veux dire de VRAIS humains! DES HUMAINS EN CHAIR ET EN OS, LÀ, DEHORS!

CHAPITRE 6

PROBLÈME DE TROMPE

Plutôt que de sonner l'alarme, le Professeur Truffe répondit seulement:

— C'est impossible, Oscar. Il n'y a pas d'humains à des kilomètres à la ronde. Par ailleurs, j'ai entendu parler de la rumeur que tu t'amuses à colporter au sujet des TRACES MYSTÉRIEUSES et du voleur d'oranges… C'est tout à fait impossible. Tu as sans doute vu des sangliers sauvages dans les buissons. Parfois, ils s'approchent de l'Académie pour

fouiller les ordures. Je vais demander au concierge de
surveiller les poubelles.

Après une pause, le Professeur Truffe reprit:

— Bon, comme je le disais, les humains sont
les animaux les plus dangereux de notre pays…

C'en était trop pour Oscar. À l'heure du
lunch, il partit avec Renard, Arabella et ses autres
amis pour passer au peigne fin les alentours.

Il ne semblait y avoir aucune trace humaine.

Es-tu certain que ce n'était pas un sanglier ?

demanda Prunella.

Ou le vent qui a fait bouger les buissons ?

suggéra Renard.

Ou alors seulement une ombre projetée par le soleil ?

dit Arabella.

Ou ton propre reflet dans la vitre ?!

rigola Ormsby.

79

Dans l'après-midi, il y eut une averse de neige fondante, mais cela n'arrêta pas Oscar. Il continua de chercher pendant l'heure du repas et même pendant la récréation.

Il poursuivit sa quête sur le chemin du retour, et tout autour du troupeau jusqu'à la tombée du jour.

Il s'y remit le lendemain matin sur la route menant à l'école.

Quand il arriva en classe, Oscar n'était pas en forme.

D'abord, il n'arrêtait pas d'éternuer.

– Bonjour, les amis, comment allez...
ATCHOUM!

Puis il se mit à se moucher sans arrêt. Ses
yeux coulaient et ses oreilles étaient bouchées.

Pauvre Oscar. Il avait sûrement attrapé un mauvais rhume. Et c'est pourquoi il avait cru voir des humains par la fenêtre.

Mais Oscar ne voulait pas s'arrêter. Il poursuivit ses recherches pendant l'heure du repas,

pendant la récréation et même entre les cours, tout le long du trajet de retour et autour du troupeau jusqu'à la nuit tombante.

Le jour suivant, Oscar arriva en classe en se

mouchant, l'air encore plus malade que la veille.

Il avoua qu'il avait peut-être exagéré dans ses recherches.

Arabella proposa qu'on lui trouve des feuilles douces pour qu'il puisse se moucher sans irriter sa trompe. Professeur Truffe permit à Arabella d'aller cueillir des feuilles. Au bout de quelques heures, elle revint avec une pile de feuilles qui soulageraient certainement Oscar.

Hibou et Chat-des-cavernes suggérèrent qu'Oscar trempe ses pieds dans un bain d'eau très chaude. Ils allèrent donc chercher de la neige que la Cuisinière fit bouillir. Cela sembla aussi aider le pauvre Oscar.

Ormsby pensa que des couvertures chaudes pourraient permettre à leur ami de guérir. Il mit quelques heures à ramasser de la laine dans les environs et il tricota une couverture bien chaude. Cela aussi sembla aider Oscar.

Professeur Truffe sortit cueillir quelques baies pour en faire une boisson chaude.

Oscar finit par passer à travers ses mouchoirs de feuilles. Renard et Arabella durent retourner dehors pour en trouver d'autres.

SNIFF
SNIFF

Puis, lentement, Oscar se sentit mieux.
Malheureusement, on ne pouvait pas en dire autant
de ses amis et de son professeur.

Sniff.

Sniff.

Atchoum!

Si bien qu'ils finirent tous
à l'infirmerie…

CHAPITRE 7
LE SENTIER DE MONTAGNE

À cause du froid et de la pénurie d'oranges, en
peu de temps, toute l'école avait attrapé le rhume.
D'abord, ce fut la classe d'Oscar et le Professeur
Truffe. Ensuite, ce fut le tour du Professeur Poilu
et de sa classe, jusqu'à ce que toute l'Académie soit
malade. Même la Cuisinière reniflait et se mouchait,
mais elle continuait malgré tout à concocter des œufs
brouillés aux pruneaux pour tout le monde.

Oscar, quant à lui, allait beaucoup mieux et il s'était remis à penser aux humains. Peut-être s'était-il trompé. Peut-être que les visages qu'il avait vus n'étaient que des hallucinations causées par sa maladie. Peut-être qu'il avait imaginé tout ça.

Ses amis avaient eu la gentillesse de s'occuper de lui quand il était au plus mal. Et s'ils étaient maintenant malades, c'était à cause de lui. Oscar se dit que le moins qu'il puisse faire pour eux était d'aller chercher des baies et des feuilles pour aider ses amis à guérir rapidement. Il savait que, seul, il ne serait pas en mesure de transporter assez de baies et de feuilles pour tous les élèves de l'Académie. C'est pourquoi il décida d'utiliser son fameux traîneau-roulant.

C'était une excellente occasion de tester de nouveau son invention. Oscar trouvait dommage que personne ne puisse partager cette expérience avec lui, mais au moins il pourrait améliorer son bolide avant le prochain essai des frères lapins.

Oscar grimpait dans la forêt pour cueillir les feuilles. Ensuite, il sautait sur son traîneau-roulant et glissait jusqu'au bas de la côte où il empilait les feuilles en un gros monticule. C'était vraiment excitant!

Il commença à grimper de plus en plus haut dans la forêt, en suivant un sentier. La hauteur et les nombreux virages rendaient le trajet encore plus exaltant. Ça lui permettait de prendre son élan et de s'envoler beaucoup plus loin et plus vite. Yahouu!

Oscar décida de monter plus haut encore.

Après quelques minutes de marche dans la montagne, il tomba sur des traces de pas. Elles étaient semblables à celles qu'il avait aperçues lors de la première journée d'école, sauf que celles-ci semblaient plus fraîches. On voyait très bien le contour de chaque pas. Et ces pas ressemblaient parfaitement aux dessins du Professeur Truffe. C'étaient des traces de PIEDS HUMAINS!

C'était la PREUVE! La fameuse preuve qu'il cherchait!

Des humains, ici, dans la vallée!

Oscar se trouvait devant un choix difficile: il pouvait retourner immédiatement à l'Académie pour annoncer la nouvelle, ou suivre les traces pour voir où elles menaient.

Oscar avait déjà parlé deux fois d'humains qui rôdaient autour de l'Académie… Si les professeurs ne l'avaient pas cru, pourquoi le croiraient-ils à présent?

Les traces se poursuivaient dans la montagne
et devenaient parfois très boueuses. Oscar remarqua
autour des pas quelques pelures d'orange, une pelure
de banane et des noyaux de cerises. L'humain avait
grignoté tout le long de son trajet en laissant derrière
lui les déchets de sa collation.

Oscar commençait à être un peu nerveux
et se disait qu'il était peut-être temps de rebrousser

chemin quand, soudain, il fut frappé par une odeur agressive. Cette senteur de crottin, de chou pourri et de vieux fromage était si mordante qu'elle irritait sa trompe et le faisait pleurer. Cependant, elle lui était familière.

— RENARD! Que fais-tu ici?

— Avec tous ces gens malades, j'ai décidé de passer à l'infirmerie, mais personne ne semblait heureux de me voir. Ils ont insisté pour que j'aille t'aider. Ours-des-cavernes m'a même donné la moitié de son sandwich pour que je parte. Il est généreux, n'est-ce pas? En veux-tu un morceau?

Oscar préféra ne pas prendre de risque.

Renard puait de plus en plus. Tout le monde

98

l'évitait maintenant. Même Oscar se tenait le plus loin possible de lui et prenait toujours la peine d'ouvrir la fenêtre en sa présence. Mais, en ce moment, il était heureux d'avoir un ami avec lui.

Lentement, Oscar et Renard suivirent les traces boueuses et les déchets d'oranges dans le sentier qui grimpait dans la montagne, jusqu'à ce que d'autres traces se joignent aux premières.

Il y avait donc deux humains.

Un peu plus loin, d'autres traces s'ajoutèrent aux deux premières. Et d'autres encore, jusqu'à ce qu'il devienne impossible de dire combien d'humains il y avait.

— Nous devrions peut-être embarquer sur mon invention et retourner au bas de la montagne pour avertir les autres, proposa Oscar.

— Nous pourrions redescendre maintenant, répondit Renard, mais plus nous irons haut, plus nous arriverons rapidement en bas et pourrons rejoindre l'Académie. Et puis, nous nous sommes rendus jusqu'ici... nous devrions aller encore un petit peu plus loin, même si nous avons peur.

Environ vingt mètres plus haut, ils tombèrent sur une clairière qui menait directement à une caverne.

Les deux amis décidèrent de marcher à tâtons jusqu'à l'entrée de la caverne, d'y jeter un rapide coup d'œil et de repartir aussitôt sur le traîneau-roulant. Ainsi, même s'ils se faisaient repérer, jamais personne ne pourrait les rattraper. Ils seraient vite de retour à l'Académie.

Nerveux, Oscar et Renard s'approchèrent de l'entrée de la caverne et se penchèrent pour voir à l'intérieur.

CHAPITRE 8
L'ÉCOLE DES CAVERNES

Dans la caverne, de jeunes bêtes suivaient un cours. Elles semblaient très excitées.

Oscar et Renard s'avancèrent un peu plus. Voici ce qu'ils ont vu…

Sur le mur étaient tracés des bouts de textes et quelques dessins.

LEÇON 1

NOUS AVONS BESOIN DE MANGER SINON NOUS AVONS FAIM.

ALIMENTS QUE NOUS MANGEONS

L'INTÉRIEUR DE LA CHOSE RONDE ET ORANGE

(L'EXTÉRIEUR A UN GOÛT HORRIBLE)

L'INTÉRIEUR DE LA CHOSE LONGUE ET JAUNE

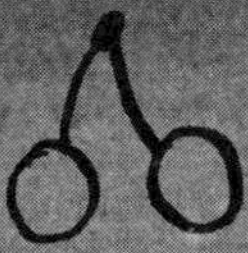

LES PETITES CHOSES ROUGES,

MAIS PAS LE MORCEAU BRUNÂTRE ET DUR

L'ALIMENT LE PLUS DÉLICIEUX

ET L'INTÉRIEUR DE CES GROSSES CHOSES QUE L'ON CUIT SUR LE FEU.

LEÇON 2

~~BÂT~~ MASSUE

COMMENT FABRIQUER LES MASSUES?

CECI EST UNE MASSUE

ON FABRIQUE UNE MASSUE EN BRISANT UNE GROSSE BRANCHE D'ARBRE

CRAC!!

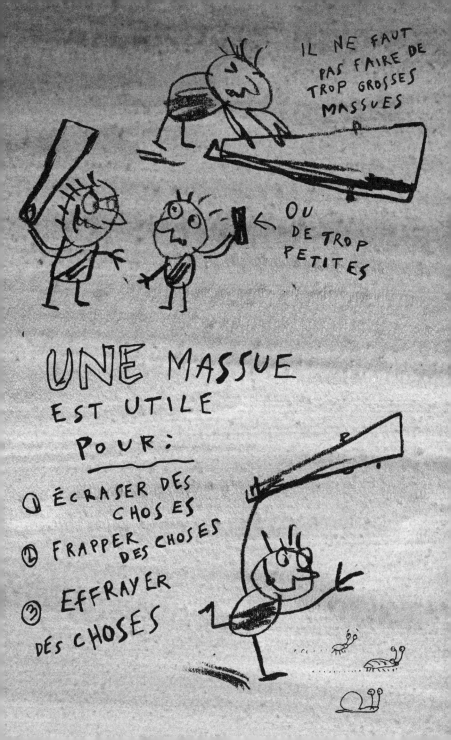

ET SURTOUT,
~~LE~~ CAPTURER
CES GROSSES
CHOSES POUR
LES CUIRE SUR LE
FEU ET LES
MANGER

Les humains étaient donc responsables du vol des fruits à l'Académie!

Partout dans la caverne, il y avait des massues de différentes grandeurs et grosseurs. Il n'en fallut pas plus pour qu'Oscar et Renard comprennent le danger qui planait sur le troupeau.

Les humains n'avaient pas seulement osé faire une école dans une caverne de la plaine des mammouths, ils avaient aussi entrepris de voler les oranges, les bananes et les cerises de l'Académie. Maintenant, ils se préparaient à chasser de la VIANDE FRAÎCHE, dès cet après-midi. Il fallait prévenir l'Académie au plus vite!

Oscar et Renard revinrent lentement sur leurs pas afin de sortir de la caverne. Mais Renard ne se sentait pas bien, son nez le chatouillait.

– Aaahhh! Aaaatchhhoouuum!

ATCHOOOO

    À l'entrée de la caverne se tenait un grand, un énorme humain qui brandissait le poing en grognant. Il avait l'air très contrarié.

    – Agggh! Aggghhhhhh! Aggghhhhhhhhhh!

Il s'empara du traîneau-roulant, le frappa sur le sol et le cassa en deux. Il s'avança vers Oscar et Renard en agitant à bout de bras ce qui restait de l'invention.

CHAPITRE 9

PRIS AU PIÈGE!

Maintenant, tous les petits humains de la caverne avaient découvert Oscar et Renard.

– Agh! Agh! AGH!

Professeur Agh grogna des ordres à ses élèves qui encerclèrent les deux amis, les forçant à retourner dans la caverne.

– Vont-ils nous écraser avec leur massue et nous manger? chuchota Renard, nerveux.

– Non, répondit Oscar, je crois que ce sera bien pire! Ils nous garderont prisonniers pendant que les autres iront attaquer l'Académie pour dévorer nos amis et nos professeurs. Ils reviendront ensuite nous manger pour le dessert.

– Zut! répliqua Renard.

Oscar et Renard se regardaient, effrayés, tandis que les humains se préparaient à partir pour la chasse.

Les choses allaient rondement, sauf pour un humain qui semblait avoir du mal à soulever sa massue. C'était probablement parce qu'elle mesurait au

moins sept fois et demie sa hauteur. Le petit humain finit par prendre une brindille avant d'aller rejoindre les autres.

– Agghh! Agghh! Agghh!

– Agghh! Agghh! Agghh!

– Agghh! Agghh! Agghh!

Les humains empruntèrent le sentier qui menait au bas de la montagne, vers l'Académie.

Pendant ce temps, le grand, l'énorme humain avait pour tâche de veiller sur Oscar et Renard.

Les deux amis, désespérés, réfléchirent à une stratégie de fuite.

Au centre de la caverne, un gros feu crépitait. Oscar pensa que les humains avaient besoin de ce feu pour se tenir au chaud, car leur fourrure paraissait bien mince comparée à la leur. Mais cette chaleur faisait transpirer Oscar et Renard.

Quand on est couvert de deux couches de laine de la tête aux pieds… une caverne chaude est la dernière place au monde où l'on souhaite être confiné. Et parce qu'ils étaient nerveux et inquiets, les deux amis transpiraient abondamment. Dans cet espace restreint, Renard commençait à sentir plus fort que jamais. Ça devenait insupportable pour Oscar.

Oscar se bouchait la trompe et il essayait de
penser à des odeurs agréables, comme celle des fleurs
ou, mieux, le doux parfum qu'on sentait derrière les
oreilles d'Arabella. L'énorme humain semblait avoir
encore plus de mal à respirer qu'Oscar. Il se pinçait
le nez et retenait sa respiration. De temps à autre,
il prenait malgré lui une bouffée d'air toxique, ce
qui faisait gonfler ses yeux et l'obligeait à se tenir la
gorge en tremblant de dégoût.

Oscar eut alors une idée.

PRRRROUUUUT !

C'en était trop pour le gardien qui sortit
en courant de la caverne, hurlant comme un chat
ébouillanté, avant de s'effondrer sur le sol dans un
bruit sourd.

Oscar et Renard profitèrent de cette chance
pour fuir !

Ils coururent hors de la caverne, mais les chasseurs étaient maintenant bien loin. Même en courant
très vite, jamais ils n'atteindraient l'Académie à temps
pour avertir leurs amis.

Il n'y avait qu'une solution.

Il n'était pas surprenant que le stupide petit humain ne soit pas parvenu à porter sa massue. Même Oscar et Renard eurent du mal à la soulever de terre. Mais, après quelques minutes, Oscar réussit à attacher solidement les roues du traîneau-roulant à l'énorme massue.

La nouvelle invention prit un moment avant
de se mettre à bouger, mais quand elle commença à
avancer, elle atteignit une vitesse vertigineuse...

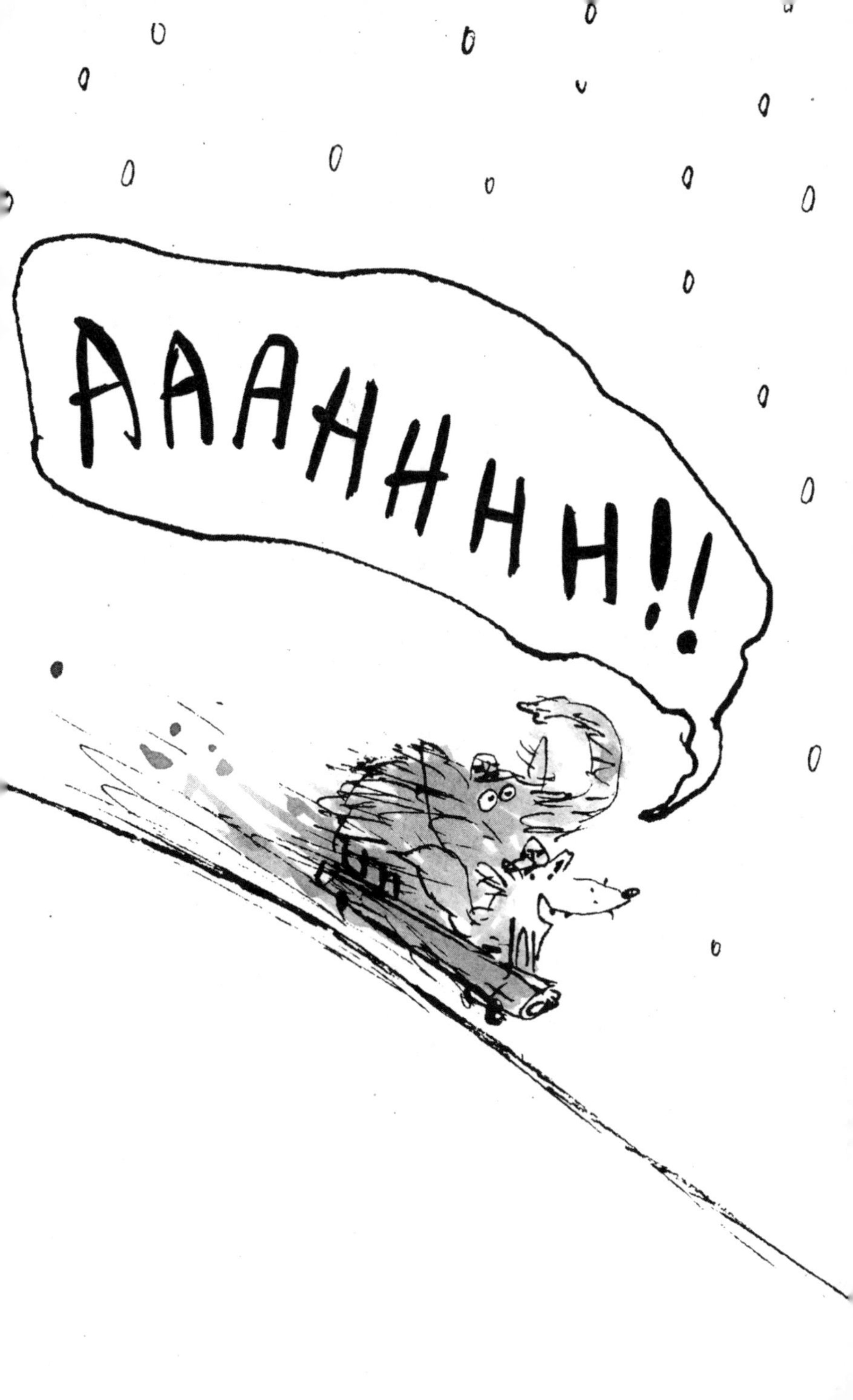
AAAHHHHH!!

CHAPITRE 10
L'ACCIDENT

C'était sans aucun doute l'activité la plus excitante qu'Oscar et Renard aient essayée de leur vie. La nouvelle invention roulait maintenant à une vitesse folle vers le bas de la montagne. Elle faisait gicler la terre, la boue et le fumier sur ses conducteurs. De temps en temps, Oscar et Renard étaient propulsés dans les airs, jusqu'à atteindre la cime des arbres, et revenaient en percutant des bosquets enneigés. Ils étaient complètement recouverts de feuilles, d'herbe, de neige et de boue. Ils ne cessaient d'accélérer.

— Yaaahououou!

Pour bien négocier les virages, Oscar et Renard devaient crier DROITE! ou GAUCHE! Ils se penchaient alors sur le traîneau autant qu'ils le pouvaient. Oooohhhh!

— Agh! Agh! Agh! Agh!

Les humains chasseurs continuaient leur marche vers l'Académie.

Ce qu'ils entendirent d'abord fut le bruit des arbres et des buissons arrachés par la descente effrénée d'Oscar et de Renard. Puis, la mauvaise odeur de Renard parvint jusqu'à leurs narines.

Et soudain, CRAC! ils virent apparaître le plus immense, puant, effrayant, bruyant, rapide, boueux monstre à quatre yeux qu'ils avaient jamais vu.

Les humains s'enfuirent aussitôt.

– Agghh! Agghh! Agghh!

Oscar et Renard furent étonnés de voir à quelle vitesse les humains pouvaient courir lorsque c'était nécessaire.

– Qui aurait pu croire que de si petites jambes pouvaient courir si vite? remarqua Oscar.

Ils étaient maintenant sortis de la forêt et ils se dirigeaient droit sur les humains, vers la falaise et le marais boueux.

– Hum... qu'est-ce qui se passera quand nous aurons atteint la falaise? demanda Renard.

Mais Oscar n'eut pas le temps de répondre.

Les humains arrivèrent les premiers au bord du précipice. La plupart d'entre eux couraient si vite qu'ils ne purent s'arrêter à temps et glissèrent le long de la falaise. Les autres préférèrent sauter du haut des douze mètres pour tomber dans le marécage gelé plutôt que d'affronter l'horrible, puant, effrayant, rapide monstre qui les suivait.

Quand Oscar et Renard arrivèrent à leur tour

au bord de la falaise, ils furent catapultés très haut dans les airs…

— Yahouououou!

… pendant que les humains, effrayés, continuaient de tomber dans le marécage gelé.

— Agghh! Agghh!

Oscar et Renard n'avaient jamais volé aupara-vant, encore moins si haut ni dans ces circonstances. Ils éprouvèrent une sensation très agréable.

Étonnamment, ils volèrent par-delà le maré-cage boueux, jusqu'à…

… l'Académie. CRAAAAC !

Ils heurtèrent l'ancienne toiture de glace,
pour terminer leur course dans la Grande salle
d'exposition des sculptures de mammouths.

Le Professeur Truffe, qui était justement dans
cette salle, resta muet pendant quelques secondes.

Lorsqu'il réalisa ce qui arrivait, il passa à l'action.

BONG ! BONG ! BONG ! L'alarme d'urgence fut aussitôt déclenchée.

Tous les animaux qui n'étaient pas alités à cause de leur rhume furent appelés en renfort pour défendre l'Académie.

Un autre groupe d'animaux fut envoyé
dehors pour lancer autant de balles de neige qu'il
en fallait pour que les humains rebroussent chemin
à travers la forêt.

Les humains, complètement effrayés et cou-
verts de la tête aux pieds de neige et de boue gelée,
n'avaient pas besoin de tant d'encouragement pour
rebrousser chemin.

Cet après-midi-là, une assemblée extraordinaire fut convoquée à l'Académie.

Oscar et Renard furent applaudis pour leur exploit. Ils avaient sauvé l'Académie!

Tous les autres reçurent des félicitations pour leur talent de lanceurs de balles de neige.

Même si la directrice de l'école insista pour que tout le monde reste sur ses gardes à propos des humains, elle proposa que l'on organise une grande fête pour souligner la victoire.

La Cuisinière prépara un gâteau spécial pour l'occasion. Elle fit des pieds et des mains pour trouver des oranges et des cerises. Elle voulait s'assurer que tout le monde ait sa ration quotidienne de fruits et que plus personne ne souffre de ce vilain rhume.

Oscar et Renard furent proclamés invités d'honneur et Renard surprit tout le monde en prenant une douche avant l'événement.

Arabella et Prunella eurent même du mal à le reconnaître quand elles remirent des bouquets de fleurs à leurs deux braves amis.

Les frères lapins jouèrent de la musique, pendant qu'Ours-des-cavernes et Hibou chantaient une chanson spéciale et que Ormsby et Paresseux-géant se lançaient dans une danse.

Tout le monde profita de la fête et tous mangèrent BEAUCOUP ! C'était vraiment fantastique !

CHAPITRE 11
FINALEMENT...

Les leçons furent suspendues pour le reste de la
session. Les élèves reconstruisirent l'Académie. Ce
qui, avec tant de pattes et de trompes, ne prit pas
trop de temps. Quant aux humains, ils ne causèrent
plus de problèmes, se remettant probablement du
choc.

Par la suite, chaque année, les animaux
avaient la permission de devenir aussi puants que
possible lors de la Journée de la puanteur.

Mais personne ne réussit à battre Renard.

Il était vraiment le plus puant de tous!

.